AF318414

MON
PREMIER PAS.

MON
PREMIER PAS.

PAR LE C. JUSTIN *Gensoul.*

Je ne suis rien encore.

A PARIS,

Chez { GOUJON fils, Imprimeur-Libraire, rue Taranne, n°· 737.
DESENNE, Libraire, Palais du Tribunat.

An XI. = (1803.)

A MON FRÈRE

BRUNO G....

Recevez mon premier ouvrage :
L'arbuste offre ses fruits nouveaux
A la main prévoyante et sage
Qui soutint ses faibles rameaux,
Et la vigne reconnaissante
Suspend sa grappe jaunissante
Au tronc du chêne bienfaiteur
Qui, la couvrant de son feuillage,
Lui prête un abri protecteur,
Et la défend contre l'orage.

TABLE.

Fin de la Table.

ÉLOGE

DE

L'ENNUI.

On voit pour toi le marbre et l'airain s'animer :
Les arts, fils du repos, naissent pour te charmer.

A MADAME

FANNY BEAUHARNOIS.

L'Ennui, fils de la jouissance,
Ce Dieu qui tient sous sa puissance
Les Dieux, les Bergers et les Rois,
Vaincu par ta seule présence,
T'implore aujourd'hui par ma voix.

De la sagesse qui t'éclaire,
Disciple, apôtre tour-à-tour,
Tu sais couvrir son front sévère,
Du bandeau léger de l'Amour.
Séduits par ta douce éloquence,
Les heures près de toi ne sont que des instans ;
Tu donnes des aîles au tems,

Que tu ravis à l'inconstance.

Vois si c'est en vain que l'Ennui

Tremble aujourd'hui pour sa puissance ?

Hélas , que d'armes contre lui !

Ce Dieu pardonnerait encore

A tous les maux que tu lui fais ,

Si du moins il régnait en paix ,

Loin de ces lieux que ta présence honore :

Mais par tes ouvrages charmans,

Pourquoi vouloir de son empire

Ébranler jusqu'aux fondemens ?

Ah ! suspens un moment ta lyre ,

Et fais trève aux accords de ta touchante voix.

Si tu cessais de parler et d'écrire ,

L'univers serait sous ses lois.

ÉLOGE

DE

L'ENNUI.

~~~~~~~~~~~~~~~~

Fils de la satiété, compagnon de l'opulence, ami du repos, Ennui, je ne chercherai point de vains titres pour t'exalter. Qui ne te connaît pas ? Qui n'a porté tes chaînes ?

Ennemi du bonheur, on ne te vit jamais
Habiter comme lui dans un réduit champêtre ;
Des marbres somptueux, de superbes palais,
    Sont les lieux qui te virent naître.
Tout fier de sa grandeur, le monarque orgueilleux,
Sous le poids de ton joug courbe sa tête altière ;
Du despote, couvert du sang des malheureux,
    C'est toi seul qui venges la terre.
~~~~~~~~~~~~~~~~

Fier tyran des maîtres du monde, ton empire est l'univers, et tes temples sont à la ville.

Là , dans le tourbillon où le hasard l'entraîne ,
De guirlandes de fleurs chacun pare ta chaîne.
On voit pour toi le marbre et l'airain s'animer ;
Les arts, fils du repos , naissent pour te charmer :
Sur un char élégant l'orgueilleux te promène :
Un nouveau Lucullus, dans ses festins nombreux ,
Prodigue ses trésors et les fruits de Pomone ;
Tout y flate le goût , la vanité , les yeux ,
Mais c'est toi seul , Ennui , qui régnes dans ces lieux :
Son palais est le tien , et son fauteuil ton trône.

A la toilette de nos Belles, on te voit souvent devancer l'Amour. C'est-là que sous les traits d'un amant que Plutus favorise, et qu'Amour ménage, tu verses tes pavots à foison. La beauté qu'on encense, languit , s'impatiente, devient rêveuse ; mais ces yeux abattus, ce petit air boudeur ajoutent à ses charmes. Ainsi tu sais embellir jusques à l'Amour même.

On te dit l'ennemi du plaisir ; mais sans toi
existerait-il ce fantôme, après lequel nous courons
sans cesse ?.... Il se dévorerait lui - même, et
s'éteindrait bientôt dans le sein de la jouissance.
Tu l'éveilles, l'excites; et c'est pour te fuir que,
nouveau Prothée, il prend cent formes différentes.

> Ici, sous les traits de Glycére,
> Je le vois sur un char brillant.
> Deux chevaux noirs, à l'œil ardent,
> Le font voler sur la poussière.
> Souvent avec l'Amour il habite au hameau ;
> Là sous l'habit d'une bergère,
> Au son du joyeux chalumeau,
> Ses pieds effleurent la fougère :
> Mais quand l'hiver, dans sa rigueur,
> Dépouille la terre fertile,
> Il revient au sein de la ville,
> Y tenir lieu du vrai bonheur.

Non content de nourrir le plaisir, tu l'épures et
aiguises ses traits. — Le soleil dore le sommet

sourcilleux des montagnes; la nature est dans tout son éclat.... Mais tout-à-coup l'horison se couvre d'épaisses nuées qui roulent, se heurtent et s'amoncèlent. La clarté du soleil s'éteint dans cette mer de nuages, et ne répand plus qu'un jour pâle et mourant.

Un silence de mort se répand sur la terre.
Les vents poussent au loin de sourds mugissemens.
Tout se tait... tout pâlit... les laboureurs tremblans
A pas précipités regagnent leur chaumière ;
　　L'oiseau privé de la lumière
　　Fuit éperdu, d'un vol mal assuré ;
Il ne se connaît plus.... La colombe timide
　　Vole au-devant du vautour homicide
　　　Qui fuit épouvanté.

Des torrens de pluie inondent la terre. L'homme rentre dans son habitation. L'oisif, privé de ses plaisirs, cherche en vain à se distraire. Le laborieux ne trouvant plus ses travaux accoutumés, est

bientôt accablé du poids de son oisiveté. L'Ennui
règne dans tous les cœurs : mais les nuages se dis-
sipent, le soleil reparaît,

> Et les zéphirs, du bout de l'aîle,
> Chassent la nue en se jouant.
> Tout renaît au bonheur. Le moineau semillant
> Appèle par ses cris sa compagne fidelle.
> La terreur un instant l'avait séparé d'elle :
> Elle accourt, et leurs chants célèbrent le retour
> De la nature, et de l'amour.

Tout s'anime. Le riche court où le plaisir l'ap-
pèle ; le pauvre regagne joyeusement sa charrue et
contemple avec ravissement les beautés de la
nature, qui semble rajeunie à ses yeux.

> Le ciel est plus serein, le soleil plus brillant.
> L'air est plus doux, les fleurs plus belles,
> Ah ! ce sommeil de mort n'a duré qu'un instant,
> Et la nature, en s'éveillant,
> A pris mille beautés nouvelles.

Ennui , le plaisir qui brille dans ses yeux est ton ouvrage. Sans toi, regagnant nonchalamment ses travaux, il regarderait avec indifférence ce qui le charme maintenant.

Rival de l'Amour , tu fus le premier inventeur des arts. Celui d'animer le marbre insensible ne te doit-il pas la naissance ? L'Amour , sans doute, put inspirer à un amant malheureux le desir d'imiter les traits qui sûrent le charmer ; mais , né avant lui , tu le devanças. Un infortuné , relégué dans une isle sauvage et guidé par toi, prend le ciseau ; il imite ce qui frappe ses yeux , et bientôt sa main exercée exécute ce que son esprit conçoit... Voyez-le remuer avec peine ce bloc pesant ; le ciseau frappe , et ce n'est déjà plus une masse informe. Guidé par une main habile , il trace tantôt les plis ondoyans d'un vêtement léger ; tantôt il arrondit les contours d'une forme élégante..... Mais un être sensible paraît naître de son sein.... il respire ;

C'est Mars , c'est le Dieu des combats.

Son bras nerveux , ministre du trépas ,

Agite un fer brillant , précurseur du carnage.

Une noble fierté brille sur son visage.

Son regard plein de feu , vers les cieux élancé

Semble leur demander à naître....

Encore un souffle , et ce ciseau glacé ,

Rival du Créateur , l'eût surpassé peut-être.

Ce palais majestueux, dont le faîte semble toucher aux nues, est sans doute le fruit d'une imagination sublime : oui. Mais l'Ennui en est le premier auteur. Un Crésus rassasié de ses richesses et guidé par lui , commande ; ce palais s'élève.

Mais quels accords mélodieux ,

Tout-à-coup frappent mon oreille !

Apollon descend-il des cieux ?

Est-ce l'Aurore qui s'éveille ?

Tout change... La trompette et les cors éclatans

Font retentir au loin les chants de la victoire.

Quels accords ! quels mâles accens !

Suis-je donc aux champs de la gloire !

Mon cœur bat... il s'embrâse... ô Mars, armes mon bras!

Viens me guider, Bellone, au milieu des combats ;

Que ce fer teint du sang... Que dis-je, quel délire !

Fuyez, honteux transport, ah ! fuyez pour jamais

  D'un jeune cœur qui ne respire

  Que pour les amours et la paix.

Tout cesse, j'interroge... « C'est le maître de ce » palais qui s'ennuie, on le distrait »…. Ennui, quel est donc ton pouvoir !. Sans toi, ces instrumens muets ne charmeraient pas mon oreille. L'homme ne connaîtrait que le chant des oiseaux et le doux murmure d'une fontaine.

Ennemi des passions, tu fus souvent le père de l'Amour. C'est toi qui fais lire des romans à Cloris. Un amant s'offre bientôt, soupire, parle d'amour... Cloris le connaît sous un jour si flatteur, qu'elle ne peut résister long-tems.

Je suis sincère, Ennui ; sans toi je n'aurais peut-être jamais triomphé de Daphné; mes yeux n'au-

raient.... Mais quelle main entr'ouvre doucement
ma porte ! c'est elle-même, c'est Daphné... Adieu
vers, réflexions, prose... je vous quitte pour voler
dans ses bras.... Tu me fuis, Ennui ! mes éloges
ne sauraient te retenir ? Ah ! je le vois :

> Par-tout ton nom est redouté,
> Rien ne résiste à ta présence ;
> Mais tu fuis, malgré ta puissance,
> Devant les pas de la beauté.

LES ARMES

DE

L'AMOUR.

Un jour l'Amour osa blesser sa mère.
Soudain Vénus brûla de mille feux ,
Et fut se plaindre au maître du tonnère.
Le cas parut important à ses yeux :
Il assembla son conseil ordinaire ,
Et par arrêt , ce fils séditieux ,
Pendant huit jours fut exilé des cieux.

Le voilà donc voyageant sur la terre ;
Mais , un enfant tout nud , que peut-il faire ?
Las ! délaissé , faible , et mourant de faim ,
L'Amour allait expirer de misère ,
Lorsqu'il trouva Plutus sur son chemin.
Comme aujourd'hui , ce Dieu n'y voyait goutte ,

Et le Hasard, aveugle comme lui,
Guidait ses pas. Or vous pensez, sans doute,
Qu'il s'égarait quelquefois dans sa route.

L'Amour, d'abord, implora son appui,
Et lui conta sa disgrace terrible.
Plutus lui dit ; j'ai *le cœur* très sensible ;
Mais, mon ami, vous le savez fort bien,
Jamais Plutus ne donna rien pour rien ;
Ainsi, voyons ; à quoi puis-je prétendre ,
Si je vous fais partager mes bienfaits ?
— Las ! je n'ai rien que mon arc et mes traits.
— Pour deux ducats je consens à les prendre.
Sur un tel prix on disputa d'abord.
Enfin l'Amour, les yeux baignés de larmes ,
Consent à tout, et lui remet ses armes.
Plutus les prit, et les conserve encor.

LA PUDEUR.

~~~~~~~~~

Lorsque Vénus sortit du sein de l'onde,
Un jour nouveau vint éclairer le monde.
Alors naquit le doux parfum des fleurs :
Alors les prés reçurent leur verdure,
L'air sa fraîcheur, le ruisseau son murmure,
Zéphir son soufle, et l'Aurore ses pleurs.

Tout l'univers tressaillit devant elle,
Et le soleil brûla d'un feu plus pur.
L'Olimpe ouvrit ses deux portes d'azur,
Et la reçut dans la troupe immortelle.
Les Voluptés, les Desirs et les Jeux
Suivaient son char, et déjà tous les Dieux
Pour l'admirer accouraient sur ses traces ;
Mais rien encor ne voilait ses appas.
~~~~~~~~~

Elle rougit, et de son embarras
Naquit alors la première des Graces.
Vénus lui dût ses attraits les plus doux,
Et la PUDEUR fut son nom parmi nous.

LE TEMS.

L'Amitié et l'Amour furent un jour visiter la Beauté.

L'art n'avait point encore terni ses charmes. Un berceau de verdure formait son palais, et des fleurs étaient son unique parure.

Le cristal d'une fontaine réfléchissait son image; mais simple encore, elle se voyait sans se connaître.

Les deux voyageurs partirent en même-tems. L'Amitié, un bâton à la main, marchait lentement, mais d'un pas ferme et toujours égal. L'Amour, au contraire, s'élança avec la rapidité du zéphir; mais malgré son flambeau et le secours de ses aîles, il s'égara si souvent pendant la route, qu'ils arrivèrent ensemble.

L'Amour se précipita d'abord aux genoux de la Beauté : l'Amitié lui prit la main en souriant.

— J'ai quitté les cieux pour vous voir, lui dit l'Amour, tous les plaisirs de l'Olimpe ne valent pas un de vos regards. Laissez-vous brûler de ma flâme : je suis le plus aimable et le plus puissant des Dieux.

— Livrez-vous à mes soins, lui dit à son tour l'Amitié, mes charmes n'égalent point ceux de mon frère ; mais ils augmentent avec le tems.

— Admirez l'azur de mes aîles : voyez mon arc et mes traits, rien ne résiste à ma puissance.

— Je suis moins redoutable ; mais je serai plus soumise.

— Les Plaisirs accompagnent mes pas.

— Les Regrets ne me suivent jamais.

— Je doublerai vos jouissances.

— Et moi je partagerai vos peines.

Ils parlaient encore, lorsque le Tems commençant sa carrière passa auprès d'eux. Soudain la Beauté perdit ses charmes, et l'Amour s'en fut d'un vol rapide ; mais l'Amitié resta près d'elle. Le Tems n'avait fait que l'embellir à ses yeux.

MES SOUHAITS.

IMITÉ DE GALATÉE.

Ah ! si jamais au bout de ma carrière,
Je peux jouir de mes travaux ,
Je veux , sous une humble chaumière ,
Couler mes jours dans le repos.
Là , libre et sans inquiétude ,
Loin d'un monde ingrat et trompeur ,
Je coulerais , dans le sein de l'étude ,
Des jours filés par le bonheur.
J'aurais tout près de mon réduit champêtre
Un bois , un jardin , un verger ;
Dans la chaleur du jour j'irais me reposer
Sous l'arbre que j'aurais vu naître :
Quelquefois du jasmin fleuri
Recourbant la tige légère ,

Je saurais me former un abri salutaire

Contre les ardeurs du midi.

J'aurais, outre mon nécessaire,

Un peu de superflu, dont je pourrais aider,

L'infortuné que poursuit la misère ;

Car n'avoir que pour soi c'est ne rien posséder.

J'unirais à mon sort une épouse chérie :

Je verrais mes enfans courant sur la prairie

Se disputer, dans leurs jeux innocens,

La faveur d'embrasser leur mère.

Oui, c'est ainsi que dans la paix des champs,

Je passerais ma vie obscure et solitaire.

Mettant alors le comble à mes souhaits,

J'aurais, pour borner mon domaine,

L'onde pure d'uue fontaine,

Que mes desirs ne passeraient jamais.

L'HIVER.

ÉGLOGUE.

~~~~~~~~~~

Du haut des monts,
La froide haleine
Des aquilons,
Mugit, entraîne
Neiges, glaçons.
L'onde s'arrête ;
Et près des cieux,
Le roc mousseux
Blanchit sa tête.
Vertumne alors
Suit son amante.
Cérès tremblante
Quitte ces bords ;
Et dans la terre
~~~~~~~~~~

Elle resserre
Tous ses trésors.

Alors Lucette
Loin du hameau,
Sur son troupeau
Veille seulette ;
Mais, las ! muette,
Sa douce voix
Plus ne répète,
Comme autrefois,
La chansonnette.
Sur les glaçons
Ses pieds mignons
Bientôt rougissent
Leur blanc satin,
Et sur son sein
Les lys pâlissent.
Lors en tremblant
Elle s'arrête,
Et s'appuyant

Sur sa houlette ,

Elle gémit ;

Lorsque près d'elle

L'Amour conduit

L'Amant fidèle

Qùi la poursuit.

A cette vue ,

Frisson d'amour

Glace à son tour

Lucette émue ;

Mais dans son sein

Un feu soudain ,

Qu'augmente encore

Son embarras ,

Naît et colore

Tous ses appas,

Bientôt suivie

De Licidas ,

Dans la prairie

Guidant ses pas ,

Elle défie
Neiges , frimats ,
Et les oublie.

Pour les amans
Tout est printems.

LE MATIN.

Du sein des mers
Phœbus s'élance,
Et dans les airs
Déjà commence
Sa course immense.
Soudain la nuit
Serre ses voiles,
Et des étoiles
L'éclat la suit.
Dans le silence
Alors le Dieu
Guide et balance
Son char de feu.
Le mont se dore :
Pour les plaisirs

Tout se colore ,
Et les zéphirs
Éveillent Flore.

Mille troupeaux
Bientôt gravissent
Sur les côteaux ,
Et les blanchissent.
Le bœuf pesant.
Va d'un pas lent ,
Et dans la plaine
Traîne avec peine
Le soc tranchant.

Le jour naissant
Répand à peine
Une lueur
Faible , incertaine ,
Que le chasseur
Sur la hauteur
Attend sa proie.

Le lièvre fuit ,
Son bras le suit
Et le foudroie.

Alors le jour
Poursuit , éclaire
L'Argus sévère ,
Et le Mystère,
Fils de l'Amour.
La Vigilance
Vole aux travaux,
Et l'Indolence
Perd ses pavots.

H I E R.

Hier le jour s'embellit à mes yeux.
Tout me parut changé dans la nature :
Les cieux brillaient d'une clarté plus pure,
Je respirais un air délicieux.

Le vent léger me parut un zéphire,
Qui caressait le tendre sein des fleurs.
Je croyais voir un amant qui desire,
Dans le narcisse aux mourantes couleurs.
L'astre des nuits me semblait une amante,
Qui redoutant l'éclat d'un trop grand jour,
Répand à peine une lueur mourante :
Tout s'animait, tout me parlait d'amour.

Ce fut hier qu'un regard, un sourire,
Portaient la joie ou la mort dans mon cœur.
Ce fut hier que je crus au bonheur :
Ce fut hier que je vis Elomire.

L'AMOUR

ET

L'AMITIÉ.

~~~~~~~~~~

Quel pouvoir inconnu m'entraîne,
Et vient m'attacher à tes pas !
Près de toi je respire à peine,
Je ne puis vivre où tu n'es pas.
Dans le sentiment qui t'inspire,
Mon cœur est toujours de moitié :
Je t'aime, mais je n'ose dire,
Si c'est d'amour ou d'amitié.

Si j'en dois croire ta présence,
C'est l'amour qui parle à mes sens :
Si j'en juge par ma constance,
C'est de l'amitié que je sens.
~~~~~~~~~~

Dans ce feu secret que j'ignore,
Ah! sans doute, ils sont de moitié ;
Comme l'amour il me dévore,
Il est pur comme l'amitié.

Mais où m'égare mon délire ?
Puis-je me cacher mon ardeur ?
Oui, je t'aime, et j'ose le dire,
Ce secret pesait à mon cœur.
Mes yeux, mon trouble involontaire,
Ont dû me trahir à moitié ;
L'amour serait une chimère,
Si c'était-là de l'amitié.

———————

L'AMOUR

PRISONNIER.

Sur un tapis de fleurs qu'arrose
L'onde pure de ce ruisseau ,
Que vois-je !... L'Amour qui repose
Sans arc , sans flèches , ni flambeau.
Punissons l'auteur de mes peines :
De ces fleurs forgeons-lui des fers.
Il est pris.... Je tiens dans mes chaînes ,
Celui qui soumet l'univers.

Je le vois dejà qui s'éveille ,
Et quoi ! dit le Dieu de Paphos ,
Un mortel , lorsque je sommeille ,
Oserait troubler mon repos ?...
Il dit , se soulève avec peine ,
Gémit, pleure en se débattant ;

Mais ne pouvant briser sa chaîne,
Il voit bien qu'il n'est qu'un enfant.

Je mettrai fin à ton martyre,
Dis-je au petit Dieu courroucé,
Si tu veux blesser Élomire
Du même trait qui m'a percé.
Hélas ! quels vœux oses-tu faire,
Me dit l'Amour ; un faible enfant
Doit-il s'armer contre sa mère ?...
Ah ! mortel, tout me le défend.

Eh bien ! du trait qui me déchire,
Amour, daignes donc me guérir.
— Je le veux bien ; mais d'Élomire
Tu perdras jusqu'au souvenir.
— Et quoi ! je verrais son image
Sans tressaillir de volupté ?...
Ah ! laisses-moi mon esclavage,
Et toi, reprends ta liberté.

L'AMOUR

A GNIDE.

Mars venait de quitter l'Olimpe, et précédé de la Discorde, il excitait aux combats les aveugles mortels. Apollon vivait au milieu de ses Bergers, et Vénus dans les bosquets de Gnide rêvait encore au malheur d'Adonis.

L'Amour habitait les cieux ; mais Jupiter était fidèle, et Minerve veillait sur lui. Les Ris et les Jeux, qu'intimidait la présence de la Déesse, l'avaient abandonné pour suivre sa mère : tout languissait : les Dieux connaissaient l'Ennui.

« Ah ! dit l'Amour, fuyons ces tristes lieux. » Mes armes restent oisives, mon flambeau s'éteint. » Vais-je cesser d'être l'Amour » ? Il dit, et s'élance d'un vol léger.

Minerve veut en vain s'opposer à sa fuite. La sagesse peut consoler de son absence ; mais les plaisirs peuvent seuls le fixer.

Il arrive à Gnide ; mais las ! si pâle, si défait, que Vénus elle-même l'eût méconnu, si l'on pouvait méconnaître l'Amour.

Ah ! lui dit-elle, en le prenant dans ses bras, qui t'a mis dans cet état ? La Sagesse, répond l'Amour.

Elle le pose alors sur son sein, et le réchauffe de ses doigts délicats : bientôt ses joues enfantines se colorent des baisers de Vénus ; il sourit, et recouvrant son inconstance avec ses forces, il vole à des plaisirs nouveaux.

Lorsque, prêt à quitter la terre, Phébus se plonge au sein des mers, et de son disque enflammé rougit la surface de l'onde, les jeunes Gnidiennes se rassemblent sur les bords toujours fleuris du Céphée ; c'est-là que dans leurs jeux folâtres elles forment mille groupes charmans. Ici l'on croit voir les trois Graces ; le voile léger qui les couvre peut seul détromper les yeux. Plus loin, parcourant la prairie qu'elles dépouillent de sa parure, on les prendrait pour les Nymphes de Vénus ; mais à leur beauté, on reconnaît bientôt son erreur : si ces Nymphes avaient leurs charmes, l'Amour ne pourrait distinguer sa mère.

C'est dans ces lieux charmans que le petit Dieu guide ses pas. Il court : ses pieds légers effeuillent à peine les fleurs de la prairie.

Un trouble secret annonce bientôt sa présence aux jeunes Gnidiennes, qui cessent leurs jeux, et fuient devant lui.

La Beauté lui doit tous ses charmes, et cependant elle paraît redouter son approche ; semblable à la jeune fleur qui, se balançant sur sa tige flexible, semble se dérober aux caresses du Zéphir.

L'Amour observait en souriant les Bergères tinides, qui se cachaient derrière des buissons de roses. Elles cherchaient à le fuir ; on eût dit qu'elles l'appelaient.

Il bande son arc, et son carquois s'épuise en un instant. Bientôt mille traits nouveaux échappent de ses mains, et portent dans les cœurs l'Amour et son délire.

La Bergère naïve se sent dévorée d'une flamme inconnue, et les roses de la pudeur font place aux feux du plaisir.

L'Amour s'applaudit ; mais Vénus craint pour son empire. Ses temples sont déserts ; toujours heureux, l'Amant cesse de former des vœux : il a perdu ses desirs, et Vénus son encens.

Mais bientôt fatigué de son bonheur, le Berger regrette ses peines passées, et l'Amante les douces larmes que lui coûtait sa défaite.

Un jour (c'était celui où l'on célébrait la fête de l'Amour), les jeunes Gnidiens, la tête couronnée de fleurs, se rendirent au temple, où le petit Dieu, assis sur un trône d'argent, recevait leurs vœux, et rendait ses oracles.

Son arc, ses aîles et son carquois reposent à ses pieds : sa bouche cesse de sourire malignement ; ses yeux ont tempéré leur éclat, et restent attachés à la terre : on n'apperçoit dans tous ses traits que les graces de l'enfance. C'est ainsi qu'il se montre dans toute sa grandeur : l'Amour n'est jamais si puissant que lorsqu'il paraît faible et désarmé.

Les Jeux veillent à la porte du sanctuaire, et les Graces reçoivent les offrandes. Heureux celui qu'elles paient d'un léger sourire, les Dieux eux-mêmes ne sauraient ajouter à son bonheur.

Après que les jeunes Bergères eurent déposé sur l'autel leurs corbeilles de fleurs, la plus jeune se sépara de ses compagnes, et s'approchant de l'Amour : » Aimable Dieu, lui dit-elle, reçois nos faibles » offrandes, et écoutes favorablement nos vœux.

» Nous venons à tes pieds nous plaindre de l'excès
» même de tes faveurs. Appaises les feux qui nous
» dévorent, et s'il le faut, rends-nous tes ri-
» gueurs ».

Un jeune Berger s'avança aussi-tôt. « Fils de
» Cythérée, lui dit-il, rends le calme à nos sens.
» Jadis l'Amour faisait le bonheur: maintenant il
» n'est plus qu'un plaisir. »

L'Amour se lève, et ses lèvres enfantines bé-
gayent ces mots: « Vos desirs surpassent ma puis-
» sance: l'Amour ne peut s'armer contre lui-même.
» Tournez vos pas vers cette montagne aride : sur
» un tombeau s'élève un vieux temple ; c'est-là
» qu'habite mon plus cruel ennemi, le Tems. Offrez-
» lui votre encens et vos vœux: c'est la seule di-
» vinité qu'on n'implore jamais en vain. »

J'étais alors à Gnide, toujours plus épris d'Élomire, et toujours plus malheureux. Je profitai du
conseil de l'Amour, et me mêlant dans la foule

des Gnidiens, je gravis la montagne; mais loin de s'éteindre, mes feux ne firent que s'accroître.

Je retournai au temple de l'Amour, et après les sacrifices accoutumés, je reçus cet oracle : « Ton » amour passera avec la beauté d'Élomire ». Hélas ! depuis ce jour, il augmente avec le tems.

LE PORTRAIT.

Enfin, pour prix de ma tendresse,
Je l'obtiens ce portrait charmant.
Mon œil te fixe avec ivresse,
Et tu souris à ton Amant.
Ainsi je puis te voir absente,
Ainsi, sans craindre ton courroux,
Je puis, sur ta bouche charmante
Déposer ce baiser si doux,
Que redoute une tendre Amante.
L'illusion va doubler mon bonheur :
Séduit par une douce erreur,
A mes yeux tu seras présente ;
Mais plus hardi dans mes discours,
Je te peindrai mes feux, mes desirs, mon délire,
Je te dirai.... ce que je n'osais dire ;
Et tu me souriras toujours.

LA NAÏADE.

IMITÉ DE GESSNER.

Les feux du jour brûlent le moissonneur,

Qui haletant , et couvert de sueur,

Cherche le frais sous un épais feuillage.

Ah ! maintenant , quel est le doux ombrage

Qui te dérobe aux brûlantes chaleurs ?

Quel doux zéphire , en balançant les fleurs,

Te rafraîchit de son aile légère ?

Sommeilles-tu sur le bord d'un ruisseau ?

S'il est ainsi , Naïade tutélaire,

Entends mes vœux , et je t'offre un agneau.

« Sans murmurer roule ton onde claire ,

» Si mon image embellit son sommeil ;

» Mais si quelque autre occupe sa pensée ,

» Qu'avec fracas ton onde courroucée

» Frappe la rive et hâte son réveil.

LA JOUISSANCE.

Te souviens-tu, mon aimable Élomire,
Te souviens-tu de ce jour enchanteur,
Où de l'Amour tu connus le délire ?
Le plaisir seul, disais-je, est le bonheur.
Ah ! ne crains pas de lui livrer ton cœur,
  Et de partager mon ivresse :
  La fleur que le zéphir caresse
  Conserve bien mieux sa fraicheur.

  Alors de mes mains caressantes,
Je parcourais ces deux globes charmans ,
  Que le plus heureux des Amans
A rougi tant de fois de ses lèvres brûlantes.
  Tu voulus mettre un frein à mes desirs ;
  Tu m'opposas ta main faible et tremblante ;
  Mais que peut la main d'une amante
  Contre l'Amour et les Plaisirs ?

Déjà d'un regard moins sévère

Tu me voyais à tes genoux.

J'ai mérité, disais-je, ton courroux ;

Et cependant, ma bouche téméraire

Te ravit ce baiser si doux,

Qui te remplit d'un trouble involontaire.

Doux embarras, trouble charmant,

Vous êtes tout lorsque l'on aime :

Le premier baiser d'un Amant

Vaut mieux que le bonheur lui-même.

Mais déjà ta mourante voix

Ne murmurait qu'une faible prière,

Tu rougissais, tu tremblais à-la-fois,

Et les pleurs de l'Amour humectaient ta paupière :

Alors ton cœur brûla de tous mes feux.

L'Amour nous couvrit de son aîle,

Et des Amans le plus fidéle

Fut le mortel le plus heureux.

LES ADIEUX.

~~~~~~~~~

Loin de ces climats
Je porte mes chaînes ;
Les regrets , les peines
Vont suivre mes pas.
Adieu , bosquet sombre ,
Qui sus de ton ombre
Cacher aux jaloux
Des plaisirs si doux.
Écho , qui soupire
Dans le fond des bois ,
Ah ! daignes redire
Encore une fois
Le nom d'Élomire.

Vous , aimables fleurs ,
Qui de vos couleurs
Orniez ma Bergère ;
~~~~~~~~~

(48),

Gazon solitaire ,

Trône des Amours ;

Adieu pour toujours.

Las ! à ma maîtresse ,

Rappellez sans cesse

Nos plaisirs , nos jeux :

Mais si l'infidelle

Formait d'autres nœuds ,

Que tout lui rappelle

Les pleurs qu'en ces lieux

J'ai versés pour elle ,

Et que la cruelle ,

Malgré tous ses torts ,

Regrettant alors

Un Amant si tendre ,

Me rende à son tour

Les pleurs que l'Amour

M'avait fait répandre.

L'HIRONDELLE.

Où fuis-tu , timide Hirondelle ?

Pourquoi chercher d'autres climats ?

Tu portes sans doute tes pas

Vers une Amie, hélas ! qui gémit et t'appelle.

J'ai mon Amie aussi ; mais non pas ton espoir,

Heureux oiseau, tu vas la voir,

Et moi je me sépare d'elle.

L'écho des bois , douce Hirondelle ,

Répète tes chants de plaisir ;

Et moi je ne fais que gémir.

Ainsi que toi pourtant j'aime et je suis fidèle ;

Chaque instant qui s'écoule est pour ton tendre cœur

Un pas de plus vers le bonheur,

Et chaque instant m'éloigne d'elle.

4

Rasant les eaux du bout de l'aîle,

D'un vol léger tu fends les airs ;

Tu fuis.... et déjà je te perds.

Adieu , sensible , adieu , trop heureuse Hirondelle ,

Plus rapide qu'un trait , tu t'éloignes de moi ;

Mais j'irais plus vite que toi ,

Si comme toi j'allais près d'elle.

LES REGRETS.

Vois-tu cette feuille tremblante
Qu'agite le Zéphir léger ?
Bientôt de sa tige mourante
Son souffle va la dégager.
C'est lui qui ranimait sa vie ;
C'est lui qui maintenant en abrège le cours ;
Telle est l'image de mes jours.
Je suis cette feuille flétrie,
Et les Zéphirs sont les Amours.

La nuit, le prestige des songes,
Nourrissait une douce erreur ;
Le jour, dissipant leurs mensonges,
Venait éclairer mon bonheur.
Mais quand je quitte mon Amie,
Quand je la quitte, hélas ! peut-être pour toujours,
Je le sens, perfides Amours,

C'est vous qui souteniez ma vie ,

C'est vous qui terminez son cours.

Déjà sur la voûte azurée ,

Fuyant le jour qui la poursuit ,

Phébé , des songes entourée ,

Brille et vient mesurer la nuit.

Près de toi, ma fidelle amie ,

Cette heure de repos fut celle des Amours.

C'en est fait : Adieu pour toujours ,

Heures qui souteniez ma vie ;

Vous allez terminer son cours.

LE MESSAGER

D'AMOUR.

Tu fuis vers elle ?... Attends Zéphire,
Viens recevoir ce doux baiser.
C'est sur les lèvres d'Élomire,
Qu'il faut aller le déposer.
Peut-être qu'en volant près d'elle,
Ce nom chéri t'échappera ;
Alors demande la plus belle,
La Vérité t'y conduira.

Cède à mes vœux, ô doux Zéphire,
Vole, messager de l'Amour ;
Observe tout et viens m'instruire,
Si je dois hâter mon retour.

Dis-moi qu'elle est toujours plus belle ;

Peinds-moi ses graces, son esprit ;

Mais non ; dis-moi qu'elle est fidelle,

Zéphire, et tu m'auras tout dit.

A LA MAÎTRESSE

DE

MON AMI (*)

Tandis que ma Muse endormie,
Sans vigueur et sans harmonie,
Sur un ton triste et vaporeux,
Soupire avec lenteur la plaintive Élégie,
L'insensible J.... m'oublie,
Et dans les plaisirs et les jeux,
Peut-être auprès de deux beaux yeux,
Il coule doucement sa vie !...
Ah ! sans que sa voix le publie,

____

(*) Cette Épître est du citoyen B...., *l'ami de mon enfance.*

Et malgré ses adroits détours

Je reconnais sa perfidie :

Quand l'Amitié s'endort, qu'on s'en prenne aux Amours.

O, qui que vous soyez, Déiphile, Idalie,

Adèle, Phaloé, Psiché, Déidamie,

O vous, qui m'ôtez un ami ;

Vous dont les pleurs de l'amitié trahie,

Accusent les Graces, l'esprit ;

Vous, dont nos beautés, je parie,

Avec leurs attraits les plus doux,

Ne sont qu'une froide copie,

Ah ! dites-moi, quelle magie,

Quel charme enchaîne mon courroux ?

Je sens en vous parlant que ma foudre assoupie

S'éteint et meurt à vos genoux.

Cédant à la bisarrerie

De ce pouvoir impérieux,

A mes desirs vengeurs succèdent d'autres feux,

Et j'adore mon ennemie.

Si, cruelle autant que jolie,

Vous méprisiez les doux aveux,

Songez à J..., à ses feux :

Par une heureuse sympathie,

Nos cœurs du même objet doivent être amoureux.

RÉPONSE.

~~~~~~~~

Salut à l'Amant d'Uranie,
Qui sous un masque séducteur,
Me persifle et me déifie.
Je connais le luth enchanteur,
Qui modula ces vers qu'on me dédie :
Leur esprit, leur douce harmonie,
Ont nommé leur coupable auteur.

Cependant, monsieur le flatteur,
Si mon Amant a su me plaire,
Je vous trouve bien téméraire
D'oser me disputer son cœur.
Avez-vous comme moi taille noble et légère,
Bouche de rose, teint de lys,
Ces grands yeux noirs que parent deux sourcils
~~~~~~~~

Qui troubleraient le repos de la terre

Bien mieux que ceux du maître du tonnerre ?

Compteriez-vous seize printems ?

Et puis, ces deux globes charmans,

Où sont-ils ?... Ah ! craignez encor de me déplaire.

Et sur-tout apprenez que quand j'ai dit : je veux,

Tout doit se soumettre et se taire.

Cependant malgré ma colère,

Je vous dois aujourd'hui de pénibles aveux ;

Quels que soient les plaisirs que l'Amour nous apprête,

Si mon Amant m'offrit ses vœux,

C'est à vous seul que je dus sa conquête.

Il retraçait chaque jour à mes yeux,

Vos talens et ce don de plaire

Qui, de l'amitié la plus chère,

Raffermit les liens heureux.

Dès-lors changeant de caractère,

Je devins vous : gaie, aimable et légère ;

J'imitai tout, hors votre esprit,

Mais si bien qu'à la fin mon amant s'y méprit.

Il m'aima, ne pouvant mieux faire.

(60)

Encore un mot (je veux bien m'amuser

Un instant avec vous : j'aime le tête-à-tête ;

D'ailleurs je suis femme , coquette ,

Et c'en est déjà trop pour aimer à jaser),

Vos derniers vers m'ont plû , je vous l'avoue ,

Car , franchement , j'aime assez qu'on me loue.

Je suis charmante , dites-vous ,

Et vous m'aimez ; eh bien ! arrangeons-nous.

J'y souscris volontiers. J'aime et je suis fidelle ,

Soit : j'ai fait des sermens et je veux les tenir ;

Mais notre ardeur ne peut être éternelle ,

Et le sage qui veut jouir

Savoure le présent , et pense à l'avenir.

Ainsi , promettons-nous d'avance

De nous adorer un tel jour.

Par le Dieu des plaisirs, je vous jure à mon tour ,

De vous rendre amour pour amour....

Avec constance pour constance.

RÉPONSE.

Hercule et Mars seront mes Dieux ;
A quel destin que ma valeur m'expose ,
J'accepte un cartel amoureux ;
On peut prétendre à leurs exploits nombreux ,
Quand c'est Vénus qui le propose.

Du lit de fleurs où les Amours ,
Agitant leurs ailes légères ,
Caressent d'heureuses chimères ,
Et font de votre vie un tissu de beaux jours ,
Sensible au tourment qui m'accable ,
Vous daignez pour sécher mes pleurs ,
Me promettre un jour les douceurs
De la chaîne la plus aimable ;
J... même souscrit à vos charmans décrets ;

Un espoir riant me console,

Mais vous avez , pour vous quitter jamais,

Lui trop d'amour , vous trop d'attraits ...

Ah ! je ne suis qu'un enfant qu'on console !

F I N.

www.ingramcontent.com/pod-product-compliance
Ingram Content Group UK Ltd.
Pitfield, Milton Keynes, MK11 3LW, UK
UKHW021648130726
13696UKWH00004B/1489